西果《さいは》ての島から パート2

松崎律子
MATSUZAKI Ritsuko

文芸社

目次

詩篇

詩篇

河津桜

如月の寒い朝です
我が家にも河津桜が咲きました
三十センチ高さの鉢に
一メートルそこそこの木
三本の枝に分かれその先に又、小枝
薄紅の色つけて
小さな花がかたまるように
咲きました
でも、どの花も俯いています
写真を撮ろうとしても撮れません

でも幸せです
咲いてくれて嬉しいです
戦いも地震もなく

平和に暮らせる島
地図にも
点のみの表記を
余儀なくされる事も
あるけれど
島に生まれ島で育ち
島に暮らす
山あり海あり
汚れなき花が咲き
平和で恐れなき日々
心から感謝して
せめて祈りたいです

極寒のあの国で
右往左往怯え暮らす
罪のない人達のために
一日も早く平和が

戻りますように
そして
懸命に咲く小さな河津桜に
感謝するのです

蜂に刺される

うだるような七月の酷暑の日
古びた一キロ茶葉入りの缶の中に
巣を作りたむろして「何か」は居た

何かがいる事など予想だにしない私は
缶の中に入れていた錆びついた鉄製の
金槌、ナイフ、鋏、ドライバー、等々、
新しい缶に入れ替えようと思い素手で
缶の中に手を突っ込んで
錆びついた小道具を取り出していた

（チクリ）突然の刺さりくる痛み
裏庭の物置台の中に何が⁇
息を呑む私の目の前を三匹の蜂が

飛び立ったのである

慌てふためく私は
刺された右手の中指を
口で吸いながら家に入り
輪ゴムを取り出して
ぐるぐる何回も巻きつけながら
電話口に走り「助けて」と叫んだ

「どうした」
落ち着いた長男の声
「蜂に刺されたのよ」と慌てて言う私

「スズメバチか」
聞かれても無知な私は答えられない
「知らない」
「体は黒かったか、黄色かったか」

そんな悠長な事答えられない
蜂の毒が私の体に廻っているかも知れない
怖さいっぱいの私は苛ついて
早く病院に連れて行ってよと急かす
「分かったすぐ行く」

こうして無事に病院へ
左手の静脈から点滴まがいの注射
痛み止めやら、塗薬やら頂いて
何度も有難うございましたと
処置してくださった外科の先生に
頭を下げて病院を出た

落ち着いて考えて見たら
飛んで行った蜂は黄色っぽい色で
背中あたりが少し黒っぽかった

「足長蜂だよ」息子が言う
そう言えば足の長いカッコイイ蜂だった
畑仕事が趣味の息子は何度も刺されるが
何ともないという
無知という事の哀れさ可笑しさ
つくづくと愚かさが身に沁みた夏だった

雲丹

ある日大村に住む友人から
一本の電話が入った

三月に手術を受けた弟に
余命の告知があった事
その弟に大好きな雲丹を
食べさせてやりたい
富江の雲丹を送って欲しいと……

海胆の口開けも間近い頃だ
毎年買い付けの海胆採り名人に
予約の電話をする
名人はもう年老いて体調が優れず
海胆は採りに行けないという

昨年雲丹を買ってくださいと
言って来た人にも電話する
今年は嫁が入院していて海胆の始末が出来ないから
採りに行くのを止めたという

三人目の人は
今年は海胆がおらんから
行っても無駄なこと
採りに行かないという

四人目の人は船で採りに
行ってみるけど
採れるかどうかは分からない
採れたら雲丹にして持ってくるから
瓶詰はそちらでしてくれという

雲丹の瓶は富江に売ってないので
友人に頼んで福江から買って来てもらった
この時雲丹の瓶には
70と80のサイズがある事を知った
こうして今か今かと待っていたのに
とうとう雲丹はこなかった

富江の海から海胆が消えた

用意した二十本の80サイズの雲丹瓶は
箱に入ったまま我が家の厨の片隅に
今も置かれたままになっている

困り果てていた私に
力を貸してくれる人がいた
他町にならあるかも知れないから
頼んでくれるという

藁にも縋る思いで返事を待った
随分待たされたので
五島の海にはもう海胆は
いなくなったのかも知れないと……
落胆しかけた頃
やっと瓶詰の雲丹が手に入った
その代り売値が二度も高く変更された

世話してくれた友人は
恐縮して憤ってくれたが
余命幾ばくかの弟さんの事を想うと
お金の事はどうでもよかった
間に合うと思っただけで有難かった
学生の頃から五島を離れ
厚生省に職を得
東京に住み着いた弟さんに

故郷五島の雲丹を
一口でも食べて貰いたい
それは私の願いでもあった

「姉さん　有難う
雲丹は美味しかったよ」

はっきりした声で
お礼の電話があったという
それから間もなく
弟さんは告知通り
天国へ旅立って逝かれた
雨ばかり続く六月の中旬頃であった

予約していた一日三万円という
ホスピスに行くこともなく
身まかる三日前まで

パソコンを打ちあれこれと
死後の事も指示し
家族が戸惑わないように
何もかもきちんと
整理してくれていたという

コロナで葬儀にも行けないと嘆く友
心中を想うと気の毒で悲しくやりきれない
如何《どう》することもできないこの世の無常

然し弟さんは
人生の最後の日まで
心の支えになってくれた姉の愛を
しっかり受け止めて逝かれ
幸せだったに違いないと思う

「雲丹」は加工した状態のもの
「海胆」は海に生息しているもの

あしながおばさん

師走の頃に
尊い浄財を贈って下さる人がいる
障がいのある人達を応援したいと
無言の慈愛を込めて
人知れず秘かに送られてくる

幾年月を重ねても
幼児のまゝで大人になれない
無垢だと云えば美しいけれど
閉ざされた孤独の空間で
意志を発する知恵もなく
右往左往しながら生きている
これも天の采配というべきか

それでも人間だもの
思うことはあるだろに
伝えられない　ことばが出ない
たゞにこにこと笑っているばかり

今年又
無償の温かさと優しさが
凍てつく風を突き抜けて届く
泥濘《ぬかるみ》に喘ぐ小さき魂は
歓喜しつつ
明日への一歩を踏み出せる

西果ての島
きらきら光る波のたゆとうに
静かに奏でる神韻の如く
高みを極め世塵にまみれず
あしながおばさんは生きている

トミ子さん

トミ子さんは
何故こんなに憶えんのだろうかと
口ぐせのように何度も何度も
言いました
フラダンスの練習に行く道々です

八十八才?
昭和二年一月生まれという彼女は
足腰も口も頭も達者です
愚痴を言うのが一つ困ります
耳が少し遠くなり背中がちょっぴり
丸くなりました

でも　お洒落できれい好きです

若々しく見えます
頑張れトミ子さんと
応援しています

波留さんの悲哀

波留さんはある秋の日の朝
起き上がろうとして
布団に躓き転んでしまった
独り暮らしの波留さんは
自力でタクシーを呼び
病院に行き即入院となった

安静療養のため
ベッドに寝ているばかり
次第に足も萎え体力も落ち
顔面にはソバカスが吹き出し
隠れ喘息とやら迄見つかった
都会に住む息子夫婦が来島し

嫌がる波留さんを連れて行った
都会の病院で背骨圧迫骨折と診断
ギブスを嵌められ一ヶ月余り

波留さんは快復し
ホテルを改装したデイサービスへ
週二回通所する事になった
一日の利用者八十余名
丸いテーブルに八名か九名ずつ
みかん狩りや小旅行など
それなりに楽しい事もあったが
そのテーブルに手ぐせの悪い人が居て
いつの間にか持物が
消え失せるという不愉快もあった

田舎暮らしの長かった波留さんは
四方山話の出来ない都会人と馴染めず

望郷の念が募るばかり
「五島に帰りたい　富江に帰りたい」
口癖になった煩い波留さんに
息子夫婦は「又、病気になったら
どうするんか」と、釘を刺した

それを言われると何も言えず
峻となった波留さん
そんな時、私に電話がかかる
「ほんとに五島のごと良かとこはなかよ」
と、力を込めて言う

「ご主人のお墓もあるし
貴女の気持はすごく解るよ
でも息子さん達にしてみれば心配よ
老いては子に従えと昔から言うじゃん
貴女には面倒見てくれる子供さんが居て幸せよ

そのうち、息子さん達が富江に連れて
来れる日もあると思うから
その日を楽しみにしていたら」
と、慰める

「家も売られてしまったのよ
荷物の整理もしないまま捨てられて
腹も立つし、悲しい」
と、言って波留さんは泣いた

「波留さん、私が面倒見てやるから
帰っておいでよ」
と、言いたくても言えない私も苦しい
老いる事の悲哀
この世は苦の世界だというが
全て日常の苦しみは
修業だと思って生きる外あるまい

人それぞれに様々な苦難があって
負けそうで心が折れそうになるけれど
生を受けた事に感謝して
逃れられない宿命を素直に受けて
彼岸の彼方を信じ
生きて行くより仕方ないと思う

波留さん
波留さんの哀しみや苦しみが
一日も早く浄化されて
欲を捨て捉われず清らかな
幸せを得て欲しいと祈るばかり
波留さん
もう会える日はないかも知れない
でも波留さんは
想い出の中で生きている
過ぎし日の

あの美しい笑顔の
素敵な姿で生きている

老女の夢

女はいつのまにか老女になっていた
仕事、仕事に心砕き
女にとって、老いは意識の外であった

仕事先の下駄箱の鏡に映った顔
何気なく見たその顔
これが我が顔かと息を呑んだ

仕事も辞め役職も辞退した
悠々自適
深めてゆきたい夢もあった
されど、一日の時間は短かすぎて
日常茶飯事に振り回される日々
気がつけば、気力体力抜けてゆき

そして老々介護が待ち受けていて
避けられない運命に翻弄される

このまゝくたくたに老い
夢も希望も果たせぬまゝで
死んでゆくのだろうか
心の依り所が欲しいと焦る

百三歳で今尚現役美術家
篠田桃紅の自叙伝に端を発し
あれこれまさぐり見る老女達の
凄すぎる生き様に
弱すぎる己の心を叱咤する

吉沢久子　佐藤愛子　瀬戸内寂聴
田辺聖子　曽野綾子　宇多喜代子
辰巳芳子　宇野千代　与謝野晶子

円地文子　田中澄江　鈴木眞砂女
城みさを　有馬稲子　高木ハツ江
樋口恵子　新章文子　宮城まり子
森田たま　若尾文子　平塚らいてう
吉野せい　今井通子　石井ふく子
飯田深雪　杉田久女　橋田壽賀子
澤地久枝　佐田稲子　坂東眞理子
まだまだきりがない

故人になっても
魂をゆさぶり続ける力と
魅力ある生を残した人たち
又、現役ばりばり朗々と
活躍している強者の老女たち
尊敬と脱帽というほかない

人は生きて死ぬ事だけは決まっている

その日は誰にも分からない
分からないから面白い
それぞれの運命に導かれ生きて行く
辛いことも悲しいことも腹立つことも
徳を積ませて貰ったと感謝できれば
渇愛から慈悲の心に変えられるという

理想は掲げてもついへこんでしまう
人間誰しも弱い孤独な生き物なのだ
百パーセント善人にはなり切れない

九十になっても作句を続け
(今生のいまが倖せ衣被《きぬかつぎ》）と詠んだ
鈴木眞砂女のように
今が倖せと芯から抱ける人間に
近づいて生きて行けたらと切に思う

八月の涙

炎天のアスファルトの道
照り返す陽に喘ぎながら
古びた日傘をさして私は歩いている

何という暑さ
何という厳しさ
人々は口々に嘆く

世界はテロ、難民、核実験、水害、地震と
地球の破滅さえ危惧される事件の連続
日本は天災を乗り越えつつ
全国高校野球大会のまっ只中
若者達の躍動に感嘆し
平和である事の有り難さを思う

然し八月は私にとって悲しみの極まる月なのだ
新聞か雑誌か定かではないけれど
掲載されていた記事に心打たれ
お盆が過ぎても忘れられず
炎天の道を歩きながら
思い出しては胸が痛み涙が滲んでくる

十五歳の少年が自ら志願して航空兵となり
「おかあさん僕が死んでも泣かないでください。
僕はお国のために死んで行くのだから」と
最後の手紙をよこし程なく戦火の空に
散って逝った少年がいるという
田植えをしていた母親は戦死の報を受け
田んぼの中に崩れ落ちて泣いたという

顔も知らない

どこの人だかも分からない
けれど悲しくてたまらない

健気な少年と母親の事を考えながら
乾いた田舎の道を歩いていると
後からもの凄いスピードで赤い車が
私の傍を駆け抜けて行く
そのあとを
緑の幌掛けた荷役の車が追いかけて行く
前方から灯りをつけたバイクが音たてて
突っ走ってくる

とぼとぼと
黒い帽子と日傘の女
心の中で泣きながら炎天の道を歩く
戦争だけは起こして欲しくない

世界中の偉い人達よ
私利私欲に走らないで
もっと文化的な事
もっと芸術的な事
もっと楽しめる事
もっと美しい事
もっとすばらしい事
そう言う事で競って欲しい

今のところ
日本は平和だし
大半の人が
水も食も足りているように
思えるけれど
災害に悲しみ病魔に苦しみ
社会の片隅で悶々として
つらい人生を送っている人もいるだろう

世の中の平和がいつまでも
続きますように祈る事しか
出来ない自分の無力さを嘆く

せめてささやかでも
たとえ自己満足だと笑われても
人様に喜んで貰えるような
優しい人間になれたらいいと思う

そんな生き方をしなくては
十五歳で何の躊躇いもなく
お国の為にと死んで逝った少年に
申し訳ないと思う

八月の空は厳しい
八月の雲は豹変する

八月は悲しい
十五歳で戦死した少年を想い
その母親の生きて来た歳月を想い
八月は涙を流す

安納芋

友人の夫が　アルツハイマーを患い
介護病院に入院したという

友人は自らも膠原病らしき難病と闘いながら
夫を自宅介護で何年も頑張って来たけれど
限界だと主治医や子供達の助言に動かされ
夫も納得し入院させたという
それから毎日、友人は夫の様子を見に
通い続けているという

ある日、
夫の食事時に出合った時
夫に出されていた主食が
ドロドロのお粥だったのを見て驚き

普段から痩せていた夫が、ますます痩せ細り
「俺はもう、家には帰れないだろうなー」
と、呟いた時
友人は夫が可哀想で切なくて
せめて夫の大好きな安納芋を
食べさせてやりたいと思い
「町中の店を廻ったけれど、普通の芋はあるけど
安納芋は売ってないのよ」と
沈んだ声で私に電話をくれた

私は、何とかしたいと思い
毎週野菜売りに来る知り合いのおばちゃんに
「安納芋はないの」と、聞いたら
「安納芋は、まだ畑の中よ、長く畑に
置く方が甘味が増して美味しくなるからね」
と、教えてくれた
「その時が来たら持って来て下さいね」

と、お願いし、早く掘り出す日が来ることを
心待ちにする事にした

すると、その翌日
奇跡のように、何の前触れもなく
遠く離れた僻地に住んでいる教え子が
山芋や、里芋や、泥の付いた安納芋を
「食べて下さい」と、くねくね曲った山道を
車に乗っけて我家に持って来てくれたのである

私は嬉しくて感謝して小躍りして
泥の付いたまゝの安納芋を
小箱に詰め込んで
発送の時間に間に合うようにと
町の郵便局へ急いだのである

二日目の朝

「着いたよ、有難う、ほんとに有難う」
と、友人から弾んだ声の電話が入る
嗚呼、やっぱり神様はいらっしゃる
目には見えないけれど
この世には神様はいらっしゃると
私はつくづく思うのである

望郷椿

一、椿の花の　咲く道で
別れを告げた　あの日は遠い
恋しくて会いたくて　泣けてくる
ひとりさまよう　あゝ　望郷の
山よ海よ　川のせせらぎよ
あの人の噂　おしえてよ

二、如月の空　冴え亙り
凛として澄む　あの月の色
恋しくて会いたくて　泣けてくる
ひとりさまよう　あゝ　望郷の
月よ星よ　風の冷たさよ
あの人は何処に　どうしてる

三、椿は落ちて　踏まれても
命かがやく　あの紅の花
恋しくて会いたくて　泣けてくる
ひとりさまよう　あゝ　望郷の
砂よ渚よ　潮のざわめきよ
あの人に心　とどけてよ

後悔

それでよかったのか
あれでよかったのか
間違いだったのではないか
もっと他に方法があったのではないか

泣いて泣いて力尽きて
失神した姿で病室に運ばれて来たお前
大の大人達に捕えられて
麻酔なしの抜歯を拒む事もできず
二十本の乳歯を全部抜かれてしまった

私にもっと知識と勇気があれば
別の方法が選択できた筈なのに
軽々しく任せてしまった事への後悔

後遺症に苦しむお前にしてしまった後悔

あの日のあの時のあの悲鳴が
朝起きた時も更けて行く夜も
ふいに想い出されて涙を流す
時には声を出して泣いてしまう

一本の歯を抜くのさえ
トラウマを抱えた私は恐い
歯科医院の椅子に座っただけで
心臓の動悸に震え
少しばかりの麻酔に気が遠くなる

私にもっと知識と勇気があったなら
あんな酷い事をさせなかったのに
お前はいつだって無邪気で
この母を責めてはこない

私は命を賭けてお前を守ろうと決めた
然し守りきれない時が来る
親亡き後に住む楽園のケアホームを
創ってあげたいと土地だけは用意ができた
然しその先が進めない
無力な母であったと涙して後悔するばかり

償いきれない悔いを残して逝くのは辛い

日常茶飯事

抜歯ノタメノ針ガ打タレルトキ
大丈夫デスカト聞カレ
大丈夫デスト答エタ
怯エル胸ノ中デ大丈夫大丈夫ト
念仏ノヨウニ唱エテイタ

人間ハ一日ニ二万三千回呼吸スルトイウ
魚ハ何万回呼吸スルノダロウ
人間ニ釣ラレタボールノ中デ
魚ハ必死ニ飛ビ跳ネル
飛ビ跳ネル魚にメスヲ入レルコトハ
トテモデキナイ
ソレデモ魚ガ動クノヲ止メタトキ

ソノ腸ヲ抜キトリ煮タリ焼イタリ
空気ダケデハ生キラレナイ
人間ハ当リ前ノヨウニ
今日モ日常茶飯事ヲ繰リ返ス

やさしい人

暗いトンネルの真ん中で
立ち往生している私に
やさしいことばをかけてくれた人
沈み込んでいた心が解かれ
ふつふつと勇気が湧いてくる
ありがとう生涯忘れまいと思う

人はことばで人を傷つけ
その眼《まなこ》で無言の矢を放つ
いつの日か己れに還り来る刃とも知らず
睥睨《へいげい》し悠然と肩で風を切る
世界一弱い人かも知れぬ
世界一不幸な人かも知れぬ
真実強い人はやさしい人だと思う

人々よ
辛くても苦しくても淋しくても
失望の匙は投げ捨てよう
かすかな夢と希望を紡錘《つむ》いで
トボトボでもいい
泪を流しながらそれでもいい
やさしい人を見つけよう
必ず何処かにやさしい人はいると思う

それでもやさしい人に縁がない時は
本を探しに行こう
著者の顔は見えずとも
素晴らしい出会いと対話ができて
疲れ切った心の靄は徐々に晴れてゆく
巡り合えた一冊の良書に癒されて
生きて行く自信と活力が戻ると思う

南天

父の形見の南天の樹
今年も赤い実をつけた
一本だった小さな南天が
いつの間にか根を張り枝を拡げ
かなりの大きさになり
まっ赤な実をたわわにつけて
北風の中で揺れていた

ある日、ふと気がつけば
南天の赤い実がなくなり
小さな葉の連なる枝だけが
さやさやと朝の光に潤んでいた

ひよどりが来ていたと家人が言う

山や里野が荒れ果てて
人家の庭に餌を求め
飛び廻っている小鳥たちよ
遠慮はいらぬ
とことん啄んでいいんだよ

一握の米とみかんを五個六個
実がなくなった南天の
樹の下に置いておく
みかんは輪切りにした方がいいと
家人が言う
小鳥が嘴でつつきやすいように
木の枝に掛けておくといいと言う

そして私は思う
遠い異国の地に散ったまゝ
還れぬ人々よ

小鳥たちの化身となって
還って来て欲しい
南天の樹よ
来年の冬も又
赤い実をたんとたんと
つけてくれよと!!

過ぎてゆく

刻々と音立てて
美しき日は過ぎてゆく

かすかな記憶の彼方を
ふり返る間もなく過ぎてゆく

如何に生くべきか
少しは世のため人のため
つくすことができたのだろうか

ともすれば我がための
ちっぽけな生き方しか
できなかったのではあるまいか

色とりどりの花を咲かせ
きれいだねと道行く人に言われ
それが嬉しくて又　花を咲かせた
それだけの人生だったのだろうか

些々な事に悩み苦しみながら
悔いの少ない人生をと願った
もっと強い心でいたかった
もっと勉強してみたかった
もっと高尚な生活《くらし》をしてみたかった
もっと　もっと　もっと
果てしなく飽くなき夢は続いて消えた

自然や宇宙や神々の
人の手の届かぬ無言の世界
それさえも感じ入ることなく
右往左往の波に漂い

己れを失い流されてゆく
昨日も今日も楽しい事は過ぎてゆくばかり

美しい人

笑顔の素敵な人に出会った
満面に微笑を浮かべ
静かに座して
嫁ぎゆく娘《こ》の晴れの姿を
やさしい眼差しで見つめていた

透き通った心が伝わってくる
偽りのないさわやかなその瞳は
人として母として
真当《まっとう》に生きてきた人の笑顔であった
周りを包み込むやさしい姿でもあった

娘を愛しその伴侶を信じ
幸せを願う一途な母の笑顔に

美しい人を見た

この母に慈しみ育てられた娘は
その生涯を家族の愛に生きるだろう
その愛は永遠に続いてゆくだろう

※義弟の息子の結婚式場にて

音なき風

今日もじわじわと
音なき風が吹いてくる
地獄の底から吹いてくる

無気味な眼《まなこ》を光らせて
善良な魂を傷つける悪魔が
逃げても逃げても追いかけてくる

人は人として生まれた時から
辛苦、悲哀、恐怖に
心病む運命を背負っているのだろう
空を見上げ泪を流しながら
勇気をふりしぼり
生きて行かねばならない

太陽の恵み
空気の恵み
雨の恵み
流れる水の恵み
そして人の優しさに感謝して
懸命に生きて行かねばならない

それでも人は時として
憎しみ　裏切り　疑い深く
煮え滾《たぎ》る腹立ち　許せぬ痼《しこ》り
生き地獄の中で悶々として生きる

人々は自然を破壊しそれさえも気付かず
山は崩れ海は荒れ狂い
傲慢に生きる人類への警告
偉大なる自然の威力の前で

人は己れの無力さを知らされる
人々は何を考え何をなすべきか
この世に確実な答えはただ一つ
人には音なき風と共に訪れる死があるということ

人は限られた命の時間の中で
山や海や大地や他人を
思いやる心を育てねばならない
許す力を養って行かねばならない

人に強欲がある限り
この世から争いごとは絶えないであろう
ゆずり合い助け合う事が至難の業なのだ

然し我々は人間を殺し自然を破壊して
この地球を残忍極まる醜態のかけらに

してはならない
この美しい地球を
かけがえのない地球を
永遠の楽園にするために守り続ける義務がある

人々が平穏に暮らして行ける世界を
にこやかに笑って暮らす世界の平和を
築き上げて行かねばならない

キダ・タロウ

キダ・タロウの健康法は
悪いことは全部人のせいにするという
「私が悪かった」「ごめんなさい」ばかりの
人生では体がもたないという

作曲の世界は、自分が一番だと
思っていなければ駄目だという
少しでも体調が悪ければ
すぐ病院に行くという

妖怪ゲームにはまっていて
八十過ぎても人は成長することを
発見したという

妖怪ゲームやゴルフに興じて
作曲は余技だといいながら
キダ・タロウは人生を謳歌している

電話

「もしもし　姉ちゃん
　元気？」
「うん　元気よ」

「あゝ　よかった
　当分電話せんじゃったけん
　元気じゃろうかと心配しとったよ」

「おおきに　あんたは元気ね」
「うん　元気よ」
「そらよかった　元気が一番じゃけん
　これからも元気で頑張ってね」

他愛のない電話のやりとり

「死にたい程　つらいと思うことも
あっとよ」
とはとても言えない

友よ何処へ

ピンポーンと
我が家のインターホーンが鳴った
すたすたと足音がして
瓢箪南瓜大と小二個を腕に抱え
満面の笑顔で現れた彼女
「畑を借りて作ったのよ、美味しいから
食べてね」と言って
その瓢箪南瓜をテーブルの上に置いた
「立派な南瓜ね、食べるのには勿体ないね」と私
熟した朱色の瓢箪南瓜は新鮮で珍品だった

それから暫らくして
彼女が入院した事を聞いた
病院に駆けつけると

彼女はブルーのセーターを着て
金のネックレスを首に付け
ベッドの上に座っていた
「あら、もう退院するの」
「いや、まだだけど」
「どうしたのよ、びっくりしたよ」
「うん、薬の瓶の蓋を飲み込んで
喉にひっかけて手術したのよ」
「何んで蓋迄飲んじゃったのよ」
「分らない」と、彼女は答えた
入院のベッドの上で金のネックレスは
一寸気になったが喉の手術痕を
カムフラージュするためなのかな
などと思ったりして病院を後にした

彼女はなかなかの社交家で
いろいろな人との付き合いがあった

気さくで頼まれ事も嫌がらず
誰からも好感度高く評価されていたと思う
カラオケ、社交ダンス、舞踊に手芸、書道、
グラウンドゴルフ、ペタンク競技等々
趣味も多彩で豊かな人生を
満喫しているかに見えた彼女

それなのに哀しい噂が飛び込んできた
他人の家の畑から大量の大根を引き抜いて
警察沙汰になったとか
公衆トイレからペーパーを隠し持って来たとか
干してある若布を盗んだとか
信じ難い事が次から次へと流れてくる

心配になって彼女の家を訪ねて見たけれど
鍵も掛けずにごちゃごちゃした部屋を
開け放しのまま姿は見えない

猫が私の声に驚いて右往左往しながら逃げてゆく
家を出た彼女は我家に帰れず
近くの空地の叢に寝ていたという

その日から彼女の姿は町から消えた
誰に聞いても確かな居所の答えは返って来ない
長男の離婚、次男の事故死
実家を継ぐ筈の妹は病死
頼みの夫はアル中で入院中
元気そうに見えた彼女、笑顔で振る舞っていた彼女
彼女の心中を想うと悲しい　力になれず苦しい
友よ、今何処にどうしていますか?
暖かい太陽の光に包まれながら
彼女の魂が解放され癒され救われている事を
心から祈るばかり

ちぎり綿雪

うすら陽の空から
ふわふわと舞い降りてくる
ちぎり綿雪
風の吹くまゝ右に左にゆれながら
乾いた舗道に消えてゆく

閉ざされた商店街
どこ迄続くアスファルト
季を楽しみ季を唄い季に微笑し
ふわふわと小躍りしながら
ちぎり綿雪落ちてゆく

寡黙に生きる人のあり
笑う事さえ忘れ言葉も捨てた

後悔の袋をひっさげて
ちぎり綿雪ふわふわと
乾いた舗道に溶けてゆく

あじさいの花

一、こんなに　清く　愛していても
あなたは遠い遠い国の人
雨の日ごとに　色濃く染まり
ぬれて　泣いてる　あじさいの花
やがては散って　枯れる運命でも
命の限り　咲くだけ咲くの
長崎の長崎の　あじさいの花

二、あんなに固い約束なのに
あなたは遠い遠い国の人
雨が降るたび　花が咲くたび
うらみはしない　せつなさあふる
どうせ短かい　この世の掟
命の限り　想いをこめて

長崎の長崎の　あじさいの花

三、雨の六月　別れていった
あなたは遠い遠い国の人
手紙も焼いて　写真も捨てて
忘れるために　あなたのために
きっとおろかな　女だけれど
命の限りつらさに耐えて
長崎の長崎の　あじさいの花

※昭和四十六年九月ＮＢＣテレビ「長崎を歌おう」決勝戦大会佳作入選。
賞品は小さな盾でした。

日常を生きる

大雪の日
プランターにも
鉢の上にも
木々の上にも
庭一面に
雪が積もっています
思わず「綺麗だなあ」と
呟きました

庭に出て
鉢植えの枝の雪を
手で払い落としました
昨年も咲いてくれた
三つ葉つつじの蕾が

ほんの少しだけ
薄紅色に
芽吹いていました

そして
待ちに待った
河津桜が
やっと咲いてくれました
苗木を大鉢に植えて
三年目の二月十二日の朝でした
咲いた花は十三
色付いた蕾は二十五
嬉しくて桜の木に「有難う」と
独りごとのように声を掛けました

手紙篇

ボランティア担当の先生へ

感謝の気持ちをお伝えしたくて、突然お手紙差し上げるご無礼をお許しくださいませ。

私は富江に住む重度の知的障害者の息子を持つ母親で松崎と申す者でございます。

先日十一月二十一日（土）に開催されました「きらりまつり」で富くじに当たらず泣いていた私の息子に、富中のボランティアで来られていた生徒さんが自分の当たった品をくださったそうです。ほんとうに嬉しく又、申し訳なくどうしても感謝の気持ちをお伝えしたくて手紙を書いているところです。言葉の出ない息子はその日、意気揚々と帰宅しましたが、プログラムに記してある50番は本当に当たったのかどうか聞きましたら両手の人さし指を×にして当たらなかったことを知らせました。それでは誰にこの品をいただいたのと聞いても答えることは出来ません。

その品は POCARISWEAT DRINK 1000ml と紺色の地に白で書かれているペットボトルです。中学生さんに利用されてぴったりのボトルなのにその方はきっと心残りがあったと思いますが、泣きやまぬ息子を見かねて息子に下さったと思います。息子が利用している桑の実の職員に電話してやっとボランティアで来られていた福中生の桑原さんと言われる人だと分かりましたが、フルネームが分からず直接お手紙を差し上げる事が出来ません。あれこれ思案にくれていましたが、ふと福中にはボランティア指導の先生が居られるのではないかと思いお手紙を送付させていただくことにしました。

毎年開催されるきらり「ゆうなぎまつり」には私も欠かさず参加していたのですが、今年は家人が怪我して体調を崩しているものですから参加できませんでしたので直接お礼を言うことも出来ませんでした。頂いたペットボトルは家に持ち帰って安堵したのか、執着心はなく使うという気も廻らないようなので私が大事にしまってあります。お貸しいただくだけで充分だったと思われますので近くならお返しして桑原さんに使っていただけたらと思うのですがそれも叶わずほんとうに申し訳なく思っています。

年齢は重ねていても重度の知的障害者の息子は二、三才の気持ちしか持っていない部分が多々あって困惑とご迷惑をかけることがあります。でも、こうして心優しい人に巡り合い、助けて頂いた時、これからもくじけないで頑張って生きてみたいという勇気と元気を頂き心から感謝しています。

このような生徒さんが居られる福江中学校は、校長先生をはじめ直接ご指導くださっている先生方又、ご両親共々の養育が心暖まる慈愛に満ちた素晴らしい環境があるからだと信じています。

どうか桑原さんに、これからもボランティアの清らかな心を磨き勉学に励んでくださるよう、ほんとうに有り難うございましたとお伝えくださいますようよろしくお願いいたします。

かしこ

平成二十七年十一月二十七日

松崎律子
息子隆明

松崎律子様

師走に入り、急に冷え込んでまいりました。学校も学期末を迎え、少しせわしくなっております。

私達、教育に携わる者にとって、最高に有り難いお手紙をいただきありがとうございました。本校三年生女生徒Kのささいな配慮をあのように喜んでいただき、私どもの方が感激しております。「これからもくじけないで生きてみたい」という言葉の裏には、これまでの御苦労、悲しみを拝察させていただきました。母の深い愛情や強さ、温かさ、そして包容力を感じさせていただきました。

私も二十日前、母を亡くし、母に対する感謝の思いを改めて嚙みしめているところなので、特別にお手紙に感動いたしました。月並みな言い方で申し訳ありませんが、息子さんのため、今後も頑張っていただきますようお願いいたします。

来週、人権集会があります。大変恐縮ではございますが、手紙を全校生徒へ紹介し、思いやりについて考える機会にさせたいと思っております。お許し願います。

寒さが厳しくなってまいりますが、どうぞ御自愛ください。

村上富憲

福江中学校長
村上富憲　様

暖冬とはいえ朝から大きな雨音がして年末の気忙さに拍車をかけています。

本日、私のためらいながらお出ししました礼状に、わざわざこのようなご丁寧なおはがきを頂戴いたしまして恐縮しています。

ボランティアの優しい生徒さんは、三年生でお名前はKさんと言われる方だったことが分かり、ほんとに嬉しくありがとうございました。電話で職員から桑原と聞いたような私の耳のせいで、とんでもない間違いを晒して申し訳ありませんでした。にもかかわらず、私のつたない手紙をこのように大事に受けとめて下さって人権集会でご利用くださる由、お役に立てることでしたら喜んで承諾させていただきます。私も何かの機会に校長先生のこのお葉書を利用させて頂く日が来るやともわかりません。その時はどうぞお許しくださいますようお願いいたします。

末筆で申し訳ございませんが御母上さまのご逝去お悼み申し上げます。まだ日も浅いので悲しみは如何ばかりかとお察しいたします。私も十九才の時母を亡くしました。人様からお悔やみを言われるのが一番つらく悲しいものでした。

校長先生は校長として立派なお姿を御母上さまにお見せする事が出来て、御母上さまもお幸せの日々をお過ごしなされたと思います。

そして、あの世から、いつまでも見守っていてくださると思います。親とは、特に母親という者は、死んでも子供を愛し守り続けるものと信じます。

まだ忌明けも来ない悲しみに中、そして学期末でご多忙のとき、わざわざ時間を割いて心に染みいるお葉書くださいましてほんとうに有り難うございました。向激寒の折りくれぐれもご自愛くださいませ。

かしこ

追伸

恥ずかしながら、平成二十四年の秋に出版しました拙著を贈らせていただきます。よろしければ学校の図書室にでも置いていただけましたら幸甚に存じます。長崎市と五島市の図書館、富江の公民館の図書室にも寄贈させて頂いています。

よろしくお願いいたします。

Kさんには、手紙とボトルを別送しますので、お手数お掛けしますがお渡しくださいますようお願いいたします。重々お手数煩わせます事お許しくださいませ。

平成二十七年十二月二日

松崎　律子

人権集会挨拶

皆さん、こんにちは。

すべての人は、幸せに生きる権利があります。この最も大事にしなければならない、人権について改めてみんなで考えるために、人権集会を開いてもらいました（座ってください）。

一番の人権侵害は、何だと思いますか。それは、戦争です。また、戦争をしていない平和な各国でもテロによって大勢の人の命が奪われて、今、人権が蹂躙されています。

皆さんの中にも、大切な家族を亡くした人がたくさんいるかと思いますが、一ヶ月前、私も母を失いました。もう九十歳近くで、覚悟していた寿命でしたが、それでも、私も含めて、大勢の人が悲しみの涙を流しました。もっと若くて、直前まで元気だった人が急になくなる悲しみは、想像がつきません。テロで百人死んだとか、二百人死んだとか報道がありますが、かけがえのない一人一人の命が失われたことで涙する家族や友人が大勢いることを考えると、どんな理由があろうとテロは、絶対に許されないと強く考えます。

身近なところでは、どうでしょうか。学級に嫌な思いをしている人はいませんか、人の嫌がることをしている人は、いませんか？ 特に一年生、たまにそういうことが起こっていると聞きます。いつまで、コドンか、ガキか。人の心の痛みを考えられる青年、大人に早くなりなさい。もうその年齢なのです。

いじめが原因で、自ら命を無くす生徒の報道がしばしばあります。私達は、皆さんをこのような事件の被害者にも、加害者にも絶対、ぜったい、してはならないと堅く心に刻み込んでいます。

嬉しい話をします。重度の知的障害者の息子を持つお母さんから学校にお礼の手紙がありました。福中の生徒、十数名がボランティアで参加してくれた障害者施設のお祭り、きらりまつりでの出来事です。その息子さん、もう大人ですが、富くじに当たらずにワンワン泣いていたそうです。その様子を見ていた、女子生徒の一人が自分の当たった景品をどうぞとあげたそうです。そのお母さんは、現場にいなかったのですが、後で職員の方からそのことを聞いて、感激し礼状を届けてくれたのです。

一部を読みます。「こうして優しい人に巡り会い、助けて頂いたと聞き、これからもくじけないで生きてみたいという勇気と元気を頂きました。」「これからもボランティアの清らかな心を磨き、勉学に励んでくださるよう、本当にありがとうございましたとお伝えください」とありました。「これからもくじけないで生きてみたい」という言葉に私は、お母さんのこれまでの悲しみ、苦しみに思いを馳せました。つらいことを一杯言われたんだろうな、されたんだろうなと。生徒の自分の景品をあげるというささやかな優しさに感激してくれたお母さんの方に、私は、感動しました。

私の母は、崎山にあるみはらし荘のデイサービスに通っていました。夏休みにボランティアで福中の生徒がきてくれたそうです。その女子生徒達は、私の母とは、知らなかったと思いますが、楽しい時間を過ごしたようです。帰ってから「今日、福中のみじょうか子が来て、優しくしてもらったとよ。嬉しかったよ。」と何度も言ってました。良い思い出を作ってもらい、この場をお借りしてお礼を言います。

人のちょっとした行為で人間は、喜んだり、悲しんだりします。大人が泣きじゃくっているのを見た時、おかしいんじゃないとさげすむのか、自分の景品を差し出すのかで関わる人の心は大きく変わります。

あいだみつをさんの言葉、「その時、どう動く」を大切にしたいと考えます（全員起立）。

村上富憲

村上校長先生

十二月も早、半ばを過ぎようとしています。

先日はご丁寧なお手紙、人権集会挨拶文、学校通信〔さきがけ〕等頂きまして有り難うございました。

何度も読み返し生徒達に対する人権集会の挨拶文といい〔さきがけ〕の編集といい、さすが校長先生だなと思いました。コラムの出版は是非なさってください。楽しみにしています。

崎先生や植松校長先生をご存じの由嬉しく思いました。崎校長は退職後、富江の町長になり、のちに富江の社会福祉協議会の会長にもなられていて、同じ建物の中に知的障害者の桑の実作業所を立ち上げていた私は、県の窯業技術センターに崎会長の推薦状を頂き一週間の研修に行ったこともありました。とても優しく奥様ともども桑の実の事を気にかけてくださっていました。

お手紙の中にありましたお母様のこと映画の中の一シーンのようで、その時の気持ちが痛いほど伝わってきました。お孫さんに〔ばあちゃんのように生きられないけど、私にもばあちゃんの心があると信じて生きていく〕とこれ程のことを言わしめたお母様のお人柄が偲ばれて生前にお会いしてみたかったとつくづく思いました。人様には語りづらい姉上様のこと、お話しくださいまして有り難うございました。どんなに偉い人にも心の痛みの試練を神様は与えているのだなと思いました。

過日、先生から頂いたお葉書の御礼や、Kさんへのお便りを書いているとき長崎に住んでいた友人の訃報が飛び込んできて慌ててしまったのですが、その友人は崎山の出身でした。昔、学生時代にその友人に崎山の箕岳公園で開催されていた運動会に誘われて見に行った事を思い出しました。その後、時を経て箕岳公園は桜の名所であることを知り、毎年のように桑の実の親子やボランティアの人たちを連れて花見に行き、楽しい思い出をいっぱい作りました。

又、夫の妹が崎山の中学校に勤務していたこともあり、大阪に居を移していた義妹が帰郷した時、崎中が懐かしいだろうと義弟が運転して私も同乗して崎山に行きました。義妹は自分が居た時とは変わっていると申していましたが懐かしい様子で住んでいた所など廻って帰宅しました。義妹にとってはあれが最後の崎山巡りとなり、数年前に他界してしまいました。

又、崎山には、よくよくご縁があるのでしょうか長大に勤務していた孫娘が崎山の人と結婚し、去年の十二月にはひ孫も生まれ現在は大阪で暮らしています。

校長先生の、文責である《さきがけ》の最後の生徒集会の欄に登場する社会福祉協議会の野原会長は私と高校時代の同級生です。同じような福祉の仕事をしていた関係もあって数年前から退任のことを考えていた私は、今年の六月退任するまで後任の人選を頼みお世話になっていました。

退任したこと、お世話お掛けしたこと等のお礼の電話を七月に掛けて以来私は、十月開催された同窓会にも出席出来ず、ずっとご無沙汰しているので《さきがけ》の文面で会長の姿を想像しながら拝見しました。

学生時代を想い出しますと、現在の福江中学校は昔女学校でした。終戦の明くる年に入学した私達は、勉強の合間に福江の町家にリヤカーを引いて竈の灰や、風呂焚きの灰などを貰って廻りました。当時は食糧難でしたから運動場の周りを畑にして、野菜や芋など植えていたのでその肥料にするためでした。女学校の三年生になる時、学制改革があり男女共学になり高校が誕生しました。それまでの女学校も男子中学校も併設中学校となり女学校は北高、男子中学校は南校と呼ばれました。女子寮に居た私どもは北高に通学しました。併設中学校を卒業するまでの三年間過ごした福中の地は多感なときを過ごした想い出深い場所でもあります。女学校四年生になる時、現在の五島高校に移動し高校生活三年を送りました。

四年間で女学校を卒業する筈の予定が、学制改革のお陰で六年も親のスネをかじり、親に苦労かけてしまい母親の命まで短くしたのではないかとの自責の念は消えません。犠牲にしてしまった母親の分までしっかり生きなくてはと、それが私の生きる原点かも知れません。

長々と、とりとめのないことを書き連ねているところに、KさんとKさんのお母様からのお手紙が届きました。こうして知らなかった人達とのご縁を頂き感謝あるのみです。ほんとうに、有り難うございました。

同封の、パンフレットは私が退任するまでの桑の実のあゆみをこれが最後だと思い大急ぎでまとめて印刷したものです。パンフレットの発行は三号目になるのですが、今回は文字が小さくなってしまい別々に分ければよかったのですが予算もなかったことだし仕方ないと思っています。表紙の色も前二号まではまあまあだったのですが、今回のはじっくり検討する時間がなく不本意な仕上がりで恥ずかしいのですがご覧いただけましたら光栄に存じます。

それから、拙著（『西果《さいは》ての島から』）を、お読みいただき過分なお言葉を頂戴しました上に、奥様や部下の先生方にもお薦め下さいました由、ほんとうに有り難く嬉しく思います。

いよいよ寒くなって参りました。重責あるお体には充分ご配慮くださいまして輝かしい新春をお迎えくださいませ。

かしこ

平成二十七年十二月十六日

松崎　律子

松崎律子　様

恭賀新年

賀状ありがとうございました。感激です。約束していた本の出版、準備が進んでいます。数と力の論理で自らの不祥事は棚に上げ、審議不十分な重要法案をどんどん可決する政権と同様、二年連続MVPの『半端ない』カープ丸を始め、なりふり構わない補強を繰り返す某金満球団のやり方に「喝」が、『「災」害級の暑さ』の中、一服の清涼剤となった金足農業の百回目甲子園球児に『あっぱれ』が、ふさわしいと私流の『奈良判定』。

富憲は、待ち望んでいた定年を三ヶ月後に控え、今の学校の校長ならあと数年良いねと言い出す始末。それ程周りに恵まれ、好き放題やれる最高の教職生活。幸せ過ぎて晩酌が進み、糖尿病の高数値を維持。やよいは、亭主退職とともにお世話任期も満了し、契約更新は思案中。ハードになってきた人権擁護の仕事と寺子屋で家計を助ける野菜作りは今一。広島の長男家族は、単身長期出張米国から帰国し、家族水入らずの生活。愛莉（孫三才）にデレデレの老夫婦に動画送信が最高の親孝行。大阪の二男夫婦は、夏に共通の友人と来島し、大盛り上がり。近隣地域の「災」害で大忙しのJRマン。福岡の娘は、人の結婚式ばかり熱中するプランナー。心から『そだねー』と言い合える結婚相手募集中。三平（犬三才）は、待遇に不満で夜吠えっぱなし。

今春から、理想とする晴耕雨読と、唯一の夫婦共通趣味であるスポーツ観戦生活を楽しむ予定ですが、『ボーッと生きてんじゃねぇよ！』と叱られないよう頑張ります。

皆様にとりまして、記念すべき新年号の年が「災」い無く、光り輝くことを心から祈念いたします。

二〇一九　元旦

村上富憲

日毎に早春の息吹が感じられる季節になりました。

『教え育てられ』の著書ご出版、誠におめでとうございます。

心からお慶び申し上げます。

昨日（三月十四日）の朝、息子を富江の歯科医院に連れて行き、その足で、私が腕の怪我のため通院している中央病院へ行くために玄関を出て、郵便受けを覗きましたら先生からの郵便が届いていて、もう吃驚するやら嬉しいやら、そのまま手提げに入れて迎えの車に便乗した事でした。すぐ御礼のお電話をしたい気持ちを、お仕事中だからお昼休み迄我慢するべきと抑えながら、歯科医院や中央病院の待ち時間を利用して、むさぼるように共感する所や、なる程と感嘆する所などには、赤線を入れたりしながら夢中になって読ませて頂きました。P48まで読めました。薬を貰いタクシーでシティモールに行き、予定していた藤田紘一郎教授の「長寿食」

という本を買うために二階の本屋に直行しました。そして、その本を見つけるべく廻っていたら偶然先生のご本に出合いました。嬉しくて早速友人にプレゼントしようと思い買わせていただきました。丁度昼休みの時間帯ぎりぎりかなと思ったのですが思い切って、ご案内の携帯にお電話しましたがやはり無理だったのでしょう。お出でにならなかったので悪かったなと思いました。残念でしたが失礼いたしました。

昼過ぎ家に帰って来てから、お礼のお電話だけでもと気は急くのですが色々と用事が出来てとうとう電話出来ず終いでした。それで、電話を諦めこうして拙いお手紙を書くことにしました。

お忙しい時期の先生に、煩わせることの申し訳なさは、重々承知いたして居りますが、書かずにはおれない私の気持ちをお察し下さって、お許し下さいませ。

やっと夜になり我が時間が巡り来て、読み継いでいましたら、P57の「転勤イコール転校」の欄でまさかとは思うのですが、年度も重なるような気がするし、夫の甥の事ではないだろうか等と空想したりして一寸吃驚しました。

昨夜十二時半過ぎているのにP78までしか読めていない事に、年老いたことを実感するとともに、未だに眼鏡掛けずに通用すると思っている習慣の傲慢さ故なのかもしれないなどと反省しながら、今朝は、まだ半分も読み終えていないが、後どの位かなあと思いながら、ぺらぺらと最後までをめくっていましたらP177共生社会に向けての重度という文字が目に止まりました。思わず前ページを飛び越えて読んでしまいました。そしてあの日のことがふつふつとよみ返り涙してしまいました。

有り難うございます。このようにして残して下さった事一生忘れません。良い冥土の土産の一つになりました。

昨年でしたか一昨年でしたか、長崎新聞に崎山中の子供達が全国の芸能大会（？）に県代表で出場される記事を見つけたとき、切り抜きまでしたのですが、学校長のお名前が福中に居られた校長先生ではないかと思いお祝いのお電話をと心躍ったのですが、先生が移動されたのを知らなかったものですから、私の記憶が違っていたらと思うと勇気が出ませんでした。残念の極みを味わいました。

先生のご本の中によく「さっきゃま魂」という言葉が出ていますがこの言葉に触れる度に、川辺校長に請われて崎中の体育教師で勤務していた義妹（その頃は叔母の養女だったので鳥巣でした）が崎山の人達のことを褒めちぎっていた事を思い出します。その頃は、バレーが盛んな時でしたのでご父兄や地域の人達に大層な応援やお世話を頂いたことでしょう。崎山の事を話す時、生き生きとしていた笑顔が忘れられません。その義妹も数年前に大阪の地で亡くなり、この世の無常を感じています。

又、箕岳公園の運動会で先生が小学生の時、代表で壇上から挨拶された当時の記事を読んだ時、高校生だった在りし日に崎山出身の友達に誘われ三人で箕岳の運動会を見に行った事を鮮明に思い出しました。あのころは若かったなあ、輝いていたなあと今思えばの事ですが世間に汚れてなくて、心も純粋で親からの仕送りで幼稚だった姿が浮かんできます。先生はまだこの世に生を受けていなかったかも知れません。年月の過ぎゆく早さが身に滲みて参ります。又、障害者の通所施設を作った時も、花見はいつも箕岳公園に連れて行きました。つい先日五島市からのアンケートにも、箕岳公園の桜は五島一番だと書き送りました。

長々と余計な事までついつい書いてしまい、お忙しい先生のご迷惑も考えず申し訳ございません。

崎山の人に嫁いだ孫の子供（ひ孫達）が、健やかに成人して崎山を忘れないで、何処に居てもいつか崎山のために恩返し出来るような人間になってくれる事を願うばかりです。

先生ほんとうに有り難うございました。残りのページを楽しみながら読ませていただきます。

いつまでも、奥様共々お元気でお過ごしくださいますよう心からお祈りいたします。

かしこ

平成三十一年三月十五日

松崎律子拝

村上富憲先生

K様

平成二十七年も最後の月に入り、寒さもひとしお増して来るような今日この頃となりました。Kさんには、お元気で最終学年の総仕上げに取り組んでいらっしゃる事と拝察いたします。先日の〔きらりまつり〕では、愚息が大変ご迷惑をお掛けして申し訳ありませんでした。ほんとうに有り難うございました。

貴女の名前が、桑原と、とんでもない私の聞き違いで先生方にもご面倒お掛けしたことを相済まなく思っています。でも思い切って学校の先生にお手紙出して、貴女の本当の名前が解り良かったと嬉しく思い喜んでいます。

息子（隆明）が籤に当たらず泣く訳をずっと考えてみたのですが、思い当たる事があるのです。実は私平成五年に、就労する事も出来ず友達も無く、テレビだけが唯一の楽しみとして在宅している障害のある人達に呼びかけて、仲間作りと、自分達の出来る範囲の作業の場を作ってやりたくて桑の実小規模作業所を立ちあげました。さをり織りをメインにいろいろな事を試行錯誤しながらやって来て、国の福祉施策が変わるにつれ、小規模作業所も平成十八年から地域活動支援センターとなり、二十四年からは就労支援B型作業所として今日まで続いているのですが、その過程の中で誕生会とか、クリスマス会とか作業所でイベントがある度に、福江の百均で商品を買って来て空くじなしのビンゴをしていたのです。当時は少人数でしたから当たらなかった人は可哀想という思いから、又、金銭的にも職員のおごりで出来る程度で済みましたので実施できたのだと思います。このようなことが、何年も続いていたので、息子の頭には、籤のようなものは全員当たるものだとインプットされているのではないかと思います。当たらない人もいるのだということが、どんなに言い聞かせても解ってくれません。他の事でも、例えば予定変更なども受け入れることが出来ずパニックを起こします。最初に覚えた通りにしなければ気が治まらない特性があり、時には苦笑させられたり、泣かれたり、とにかく融通がきかない所があり、常人には理解しがたい行動なのです。普段は温和しく、手伝い（米とぎ、ゴミ出し、風呂沸かし、洗濯物の取り込み、買い物の荷物持ち、布団の上げ下げなど）も毎日してくれるので足腰の弱ってきた私どもには助かっています。ただ無呼吸があるので病院通いは欠かせませんし、言葉が出ないので何処に行くのにも付き添いが必要なのです。ちなみに、私は二十二年間関わって来た桑の実を今年七月から引退して時々ボランティアで出掛けています。

長々と貴女にとっては不必要な事まで書いてしまいごめんなさいね。勉強の時間を妨げてお許しください。

あなたの優しさは忘れないようにします。ほんとうに有り難うございました。ボトルは貴女が持つのが一番ふさわしいと思いますのでお返ししますがどうぞ気を悪くしないでくださいね。あの場のあの子のどうにもならない気持ちを救って下さってほんとうに感謝しています。家に持ち帰っただけで大満足の様子ですのでご心配なさらないでくださいね。同包装のものは隆明が紙に描きなぐっていたものを見つけたので、せめてこの子の生きた証にと思いTシャツやハンカチにプリントしたものです。色も寸法もお気に召さないかも解りませんがお受け取り頂ければ嬉しいです。

お体には、くれぐれも気を付けて頑張ってください。

かしこ

平成二十七年十二月二日（水）

松崎律子
松崎隆明

教え子篇

🖂

銀杏黄葉の美しさを愉しんで居るうちに季節は早くも師走に移ろいました。

御無沙汰致して居りますがお元気でいらっしゃいましょうか。

今日は（12／1）今年も松崎先生の作られましたバラモン凧額を飾らせていただきました。毎年、今の季節に私の宝物を飾る喜びを味わって居り先生の優しさ、温かさに深く感じ入り元気パワーが伝わってまいります。ありがとうございます。

異常気象で大雨、大型台風等五島市は今年も大きな被害がありました様子をニュースで耳にしたり目にしたり、その都度先生の事を想って居りました。

おかげ様で私は家族の介護等も卒業し、今、自分に与えられている時間を大切にしながらオープンカレッジに通い楽しく学んで居ります。

仕事、介護の多忙な時に、出来なかった事をゆったりした気分で味わえる幸せに感謝しながら、小さな庭の草花手入れと共に過ごして居ります。

意欲ある同年代の方々と教室で学ぶその時間が若い時の学習と違い何とも愉しい学びです（心の栄養）。

この様な東京での環境に恵まれて居る事に感謝して、時間のいっ時を大切に過ごして居ります。

別便にて季節の香をほんの気持ち添えさせていただきましたので、ご笑味下さいませ。

寒さに向かいますのでくれぐれもお身体をおいとい下さいませ。
先生へ感謝の内に
奥様へ

十二月一日

かとうきょうこ

松崎雄先生
律子様

✉

師走に入り街もあわただしくなってまいりました。すっかり御無沙汰致して居ますが松崎先生、その後いかがお過ごしでいらっしゃいましょうか。今年は大きな台風が多く五島の先生を想って居りました。各地で災害が多いですね。

年月の速さに驚かされながら、令和元年も過ぎ行きます。

別便にて可愛い品を先生のもとへとお届けさせていただきましたのでご笑納下さい。

先生、どうぞお大事になさって下さいませ。

私は、毎年新年に先生がとても上手に丁寧に愛情込めて作って下さいました額入り『バラモン』を飾らせていただいて楽しんで居ります。感謝の内に

二〇一九年十二月十三日

加藤今日子

松崎雄先生

奥様

✉

新年おめでとうございます

お贈りいただきました五島のかまぼこと共に二〇二一年が始まりました。

五島の味をたくさん誠に有難うございます。

子供たち（孫が特にかまぼこ大好き）は、おいしい、おいしいと、先生の話を聞かせながら味わわせていただきました。年月を経ても松崎先生を忘れる事は出来ません。そして奥様の優しさが伝わり来て嬉しい限りです。

コロナ禍の中、くれぐれもお気を付け下さいませ。

感謝の内に

令和三年

加藤今日子

✉

如月の寒さもようやく薄らぎ、河津桜や雛飾りなど心弾む季節が巡ってまいりました。

今日子様には、お元気で楽しく充実した毎日をお過ごしのことと存じ上げています。

私の方もお陰様で、万全ではございませんがまああの日々を送らせて頂いていることに感謝しつつ過ごしています。

今日子様には、毎年心温まるご配慮を頂いている事、主人ともども教員冥利に尽きると心から感謝していますが今日又、改めてお礼申し上げます。有難うございます。

本日は、恥ずかしく、今日までお話しする事はできませんでしたが私事で申し訳ないのですが、私十年程前、拙著を文芸社に出版していただき、全国書店に販売も手掛けて下さっていますが、今年又三月から新たに書店への配本などご足労下さるとの事でその配本リストが届きました次第です。

これまで、私は文芸社任せで、誰にもお知らせすることもお願いすることも出来ずにいましたが、今回文芸社様にも申し訳ないと思いこの度、意を決してお手紙を差し上げる次第でございます。

ほんとにあつかましいお願いで申し訳なく相済まない事ですが今日子さんのお友達や、お知り合いの方達にお勧めいただければと思い立ち、こうしてお手紙を差し上げる次第でございます。今まで他に知り合いも無く、お願いする術もなく今回初めて今日子さんにお願いする事になり大変恐縮に思いおります。何卒ご無礼をお許しくださって、宜しくお願い致します。

同送の拙著は、寄贈させていただきます。どうぞお読みいただければ幸甚に存じます。

配本リストを同封させていただきました。

ご心労させせます事重々お詫び申し上げます。

お許しくださいませ。

加藤今日子様

二〇二三年（令和五年三月一日）

松崎律子拝

配本は三月一日の予定だそうですが、書店の都合で十日頃になる所もありますと連絡が届いています。

〼

二〇二三年三月四日午後、私を感動の涙であふれさせた『西果ての島から』の本に出会いました。

素晴らしい女性　松崎律子様
生きる歓び感激、この瞬間を与えて下さり誠にありがとうございます。

永い間、私は小学校五年生の時一年間担任をしていただきました松崎先生との文通にて今日の今迄、奥様が作家でいらっしゃる事を何も存じ上げて居りませんでした。

先生もおっしゃらず最近奥様と電話でお話しさせていただきます機会を与えられて居ります

際にも、何も語られず……その謙虚さにも感動して居ります。

素晴らしい事です。

色々なことを乗り越えていらっしゃったその道のりの内面に湧き出ずるありのままを句に、詩にしたためられ、この様にＢＯＯＫにされましたお力に驚き入り感服です。

お贈りいただきまして誠にありがとうございます。

早速身近に居る友へ語りの中で一冊ずつプレゼントしましょうと十冊申込ませていただきました。

文才と共に手芸等芸術作品もお出来になられ、頭が下がります。

拝読させていただいて居りますその部分、場所、お言葉に細やかな律子さまの愛情が感じられました。

酔芙蓉、浜木綿等のお花、大宝寺、弘法大師ゆかりの西の高野山……。心が温まりました。

玉之浦に居りました小学四年生の頃、父に連れられ家族で大宝寺へまいりました時を懐しく思い出しました。

日々生かされて居ります事に感謝しながら祈りは大切ですね。

五島へ、父の転勤のおかげで松崎先生ご夫妻に出会い尊いこのご縁に感謝です。かんしゃ、かんしゃ。

今朝（三月五日）庭に黄色い水仙が一輪咲いて居り嬉しくなりこれから次々に春のお花が咲

き出し楽しみです。

先生がお元気でいらっしゃる今、奥様と直接、お目にかかりお話しさせていただきましょうと私の心は五島へと動いて居ります。

コロナの状況をみながら日程等を決めさせていただきたいと……。

タクシーが無いとの事ですのでどの様に？　と調べてみましょうと思って居ります。

ご縁を嬉しく大切に、律子さまの日々ご多忙でいらっしゃいますご都合もうかがわせていただきながら、実現させていただきたいと思って居ります。

ＢＯＯＫが入荷する日が楽しみです。それぞれの友へ律子さまの愛をお伝え出来ます喜びが……楽しみなのです。

私の感動の気持ちを添えさせていただきます。

松崎先生、ご家族のみな様へどうぞよろしくお伝え下さいませ。

くれぐれもお身体をおいといい下さいませ。

感謝の内に
かとうきょうこ

二〇二三・三・五

松崎律子様

（追）

作家でいらっしゃる律子さまへ、感激で手が震えてしまい字が思う様に書けず乱文乱筆にてお許し下さいませ。

ＢＯＯＫの表紙にも感激です。私の大好きな灯台、大瀬崎灯台、椿。

以前描きましたつたない画をハガキ絵にしたものを再度、同封させていただきます。

大瀬崎灯台をさくら貝の中に……五島玉之浦にたくさん咲いていた椿（さくら貝や椿で遊びました）。

水墨画の大瀬崎灯台　絹に描きました椿

⊠

今年はさくらの開花が早く今は葉ざくらの緑がキラキラ輝き美しさを楽しませてくれて居ります。

庭の花水木（ピンク）も咲き出し小さな草花も春よ、春よと嬉しそうに咲いてくれ踊っている様です。

ひとつひとつの草花の命に元気パワーをもらいながら今朝も手入れをしたところです。毎日少しずつ庭手入れは運動になります。

その後、お元気でいらっしゃいましょうか。

『西果ての島から』の律子先生が経てこられた年月を思うにつけ、私等の小さな苦しみは何でもない!!　と思わされ励まされました。

身近な友もそれぞれ自分が歩いて来た道で起きた事柄に傷ついた部分等、何でもなかった――、と気づかされた様です。そこに元気を与えられたとも話して居ります。

私の求めました十冊はそれぞれ喜ばれ、感嘆、感服の様で嬉しいです。その友が拝読し又注文を!!　等、輪が広がり何よりで律子さまの偉大さが嬉しくなりました。


昨日はチャンポン、今日は皿うどんと野菜にブリの具材で両方共にとてもおいしくごちそうになりました。ありがとうございます。

近々子どもたち家族来訪予定ですので長崎の味をごちそうしましょうと楽しみです。

松崎先生ご夫妻の優しさを思い、ＢＯＯＫの事等を語りましょうと……。

長崎の香をたくさん、私と朝岡さんへ誠にありがとうございました。

朝岡さんは大喜びなさり、律子先生へのお便りを私に送って下さいましたので同封させていただきます。

ピアニスト、作曲家の朝岡さんは、音楽が何も出来ない私にとり、ほど遠い存在なのですが、お友だちにさせていただき、有難いです。くれぐれもよろしくとのお便りでした。

くれぐれもお身体をおいとい下さいませ。

松崎先生へ、今日子は忍耐を忘れずに元気に過ごして居りますとお伝え下さいませ。

感謝の内に

かとうきょうこ

4月18日

松崎律子様

🖂

春風の心地よい季節になりました。

初めてお手紙を書かせていただいております。

加藤今日子様より貴重な御縁をいただきました。朝岡真木子と申します。

この度は大変感謝いたしております。

松崎律子先生の『西果ての島から』を今日子様よりご紹介いただきまして、時間も忘れてどんどんひきこまれて拝読いたしました。

そしてまた読み返しては心に深く感動を覚えております。

私のまわりの知り合いにも紹介して勧めております。

お恥ずかしくも私のCDを……と厚かましく今日子様にお願いしてしまいました。ご丁寧に御心遣いを頂きまして、大変恐縮しておりますが、長崎の皿うどんとちゃんぽん！　とても美味しそうで食いしん坊の私は大喜びでございます。

嬉しく頂戴いたします。どうもありがとうございます。ますますの御活躍をお祈り申し上げます。

季節の変わり目ですが、どうぞ御身体お大切になさいますようお祈り申し上げます。

朝岡真木子

松崎律子先生

🖂

雨にうたれ新緑が一段と美しい季節となりました。

お元気でいらっしゃいましょうか。

先だっては、野菜、手作りつけもの、台所用品の数々をお贈りいただきまして、誠に有難うございました。

連休に娘家族来訪し、五島の話、松崎先生ご夫妻のお話、この様にお贈りいただいた事等……。

チャンポン、皿うどんを口に、おつけものがおいしいおいしいと大喜びでした。

律子先生の愛をみなで感謝しながらごちそうになりました。

真心こもった数々をありがとうございました。

友より読後感が届き、お会い出来る友は、直接語り、律子先生の女性としての生き方の素晴らしさにそれぞれ感服して居ります。

私はその都度担任をしていただきました松崎先生の語り「忍耐」をそして律子先生の事を嬉しく話させていただいて居ります。

このご縁は私にとり何回もお話しさせていただきますが、大きな宝物です。有難く感謝です。

施設においでの際に、先生へ、くれぐれもよろしくお伝え下さい。

律子先生といつもお話しさせていただきます時に、明るいお声で何事も無かったかの様に、語っていらっしゃり見習わなければ!! と学ばせていただいて居ります。

さすが松崎先生の奥様でいらっしゃいます。素晴らしいですね。

律子先生、あちこち痛みがおありのご様子、病院通い等、くれぐれもお身体をおいとい下さいませ。

私は時間を上手に使いましょうと学びの場、美術館へと足を運んで過ごして居ります。

東京はこの様な場が近くにあり有難く思います。

律子先生、又お便りさせていただきます。

かんしゃの内に
かとうきょうこ

松崎律子様

律子先生

梅雨の晴れ間、小さな庭でポーチュラカが可愛い姿で咲いてくれ、心和ませられます。

松崎先生、律子先生、その後いかがお過ごしでいらっしゃいましょうか。

『西果ての島から』の反響が多く、おかげ様で前向きに生きる事の大切さを語り合うチャンスに恵まれて居ります。

〝律子先生の生き方の素晴らしさ〟

ありがとうございます。

長崎の香、五島の香、律子先生の手作りの品々等優しさを、たくさんお贈りいただき嬉しく想って居ります。有難く感謝です。

これから暑さに向かいますので汗ふきのとりかえに加えさせて下さいませ。

律子先生を想い選ばせていただきました。

七月に届きます様に松崎先生へ別便にてお届けさせていただきましたのでご笑納下さいませ。

くれぐれもお身体おいとい下さいませ。

松崎先生へよろしくお伝え下さい。

かしこ

かんしゃの内に

二〇二三年六月吉日

今日子

〼

暑中お見舞い申し上げます。

例年になく酷暑ですが、雄先生、律子先生には、その後お変わりございませんでしょうか。

律子先生にお贈りいただきました、おいしいおみそのおかげ様でこの暑さを乗り切る事が出来て居ります。

誠にありがとうございます。

家族共においしく口にし喜び、友だちは五島のおいしいおみそのお福分けを喜んで居りよろしくと申して居ります。

夏バテ防止に夏野菜と一緒に味わう事が出来、何より嬉しく有難い事です。

梅酒も暑気払いに……おいしく味わわせていただいて居ります。律子先生の愛情たっぷりの味ですね、キュウリもごちそうさまでした。

『西果ての島から』の本を読んで下さった友よりもそれぞれ律子先生へのお便りの際にはよろしくお伝え下さいねとの言葉が必ずあります（感激している私たちが居りますよ……と）。

律子先生のおかげ様で今春から夏にかけて友との語りの内容が深まり私自身、人生の後半にとても貴重な感激、体験を味わって居ります。

ありがとうございます。律子先生！

律子先生のような素晴らしい女性の足元にもおよびませんが、その生き方が真っ直ぐに伝わり、学ばせていただけまして嬉しい限りです。
今日から八月、まだまだ暑さ厳しいですが、くれぐれもお身体をおいとい下さいませ。
雄先生の「忍耐」を想いながら律子先生の優しさに感じ入りながら。
感謝の内に
令和五年八月一日
かとうきょうこ
まつざきりつこさま

🖂

玉之浦の美しい紫陽花の前での律子先生の優しい素敵な笑顔お写真をいただきまして、まあ何と素敵な律子先生、と写真にお声かけしてしまいました。

なつかしい玉之浦と共にお写真を誠にありがとうございます。

雄先生は、ご家族みな様方の温かい大きな愛に包まれて安らかに天に召されました事と思われます。合掌
律子先生にはお義母様の十七回忌が控えておられ、お忙しい中のお便りを誠にありがとうございました。

猛暑の八月も終わろうとして居り、庭では秋の虫が可愛いオーケストラを奏で始め、暑い中

にも季節の移ろいを感じ入ります。

以前も雄先生へお送りさせていただいて居りますが、再度季節の香と思いまして添えさせていただきます。

律子先生くれぐれもお身体をおいとい下さいませ。

(お疲れが心配です)

ご家族が良くして下さっておられます事が誠に有難く嬉しい事ですね。私に伝わってまいり凄く嬉しいです。

かんしゃの内に

令和五年八月二十六日

かとうきょうこ

松崎律子先生

🖂

律子先生
しのぎやすい季節になりました。
その後お元気でいらっしゃいましょうか。
酷暑と共に色々なお疲れが出ていらっしゃらない様にと祈りつつお便りさせていただいて居

ります。

私は、雄先生と再会（玉之浦小同窓会）時の写真を机上に日々先生を偲ばせていただいて、先生が私に〝忍耐〟よう忘れんかったとね、よう守り切ったとね!! と励まして下さって居り嬉しく有難いです。

雄先生が天国へ召されました後、この様に律子先生と会話が出来ますご縁は、大きなお恵みで嬉しい限りです。

ご供養のお品、お茶は、雄先生を想い味わわせていただいて居ります。

ご丁寧にありがとうございました。

涼しくなりましたので庭のお花ちゃんをこれから秋冬、来春に向けての手入れを楽しみましょうと思って居ります。

山茶花、椿のつぼみが少しずつふくらみ季節の移ろいを感じ入ります。

昨日より金木犀がここに私は咲いているわよ!! とばかり、良き香りを漂わせてくれて居り可愛いです。金木犀は二度咲きするのですネ。

千両・万両もたくさん実を付けて青〜赤へとなる日を元気いっぱい秋の日差しを浴びている姿も自然の美しさ!! ほほ笑ましくなります。植物にパワーを与えられ嬉しいです。小さな庭に何種類も育て楽しんでいる私です。

律子先生、くれぐれもお身体をおいといい下さいませ。

可愛らしい秋の便箋が目に止まりましたので……。
律子先生のもとへ

感謝の内に

令和五年十月十七日

かとうきょうこ

松崎律子様

私にとり忘れ得ぬ言葉。
小五の時松崎先生よりお教えいただきました「忍耐」。
六十五年経ても未だに日々響き入ります。
ありがとうございました。

✉

律子先生
師走になり街が忙しく動いて居る様に感じられる東京です。
今年は律子先生の本に感動感激し雄先生のご逝去に淋しさを感じ入って居ります。
雄先生とのご縁で律子先生とのご縁が深まり温かい律子先生の優しさに感謝でいっぱいで

す。
ありがとうございます。
別便にて気持ちを（季節の香）お届けさせていただきますのでご笑味下さいませ。
雄先生へ私の気持ちが届きます様に。
合掌
律子先生、くれぐれもお身体をおいとい下さいませ。
今日子

🖂

暑中お見舞い申し上げます
厳しい暑さが続いて居りますがいかがお過ごしでいらっしゃいましょうか。

七月にはお電話でお話しさせていただきまして、嬉しく有難うございました。

第二のＢＯＯＫを‼　とのお話にご多忙の中、執筆活動をされておられ素晴らしい律子先生に敬服致して居ります。

十六日、雄先生の命日に先生を想いお供えさせていただきましょうと私の気持ちを添えさせていただきます。

雄先生が、ハトサブレを喜んでいらっしゃいました様子を思い浮べいつも先生よりの大切な良き言葉を想い、感謝いっぱいです。
律子先生、くれぐれもお身体をおいとい下さいませ。
令和六年八月二日
今日子
律子先生
雄先生
『忍耐』の言葉をありがとうございます
雄先生と共に一生の宝ことば、忘れられません

※今日子様のご子息様は、国際山岳ガイドとして、国内外の有名な山々で活躍されています。スマホで「山岳ガイド加藤直之」と検索されると、詳細な記事が見られます。
因みに、ボディビルダーの人は、同姓同名の方です。

俳句・短歌篇

【俳句の部】

秋の風焼きたてのパン匂いけり

児産《やや》まれ春の大阪遠かりき

颯爽と瓦礫を抜けて彼岸花

風に鳴り船打つ波や春の海

赤んぼの這い出す気配お正月

波浴びて船体白し春の海

廃校の闇茫々と虫時雨

虫時雨止みて闇より子等の声

ふる里の道案内の案山子かな

初蝶の見え隠れする野の草に

鮮やかに展翅の蝶や額の中

初日の出五島富士より出で給う

磯の香や浜木綿咲けり城の跡

妖精の如く花びら走り去る

大空に咲き放したる桜かな

島の子の遠足いつも同じ山

山 桜 島 の 神 社 の 道 標

卯の花や温泉に行く山の道

囀りやシルバーカーの通る道

彼岸花遠目の畔に咲き溢る

殻背負ひ角に意志あり蝸牛

生きているそれだけでいい蝸牛

近づけばこぼるる萩や風すこし

蜘蛛の囲に蜘蛛肥りけり雨の中

【短歌の部】

祭りの夜看取り疲れの父親に酒を買い来て労をねぎらう

（昭和二十七年十一月十五日長崎市立長崎図書館長竹下哲先生に選評頂き短歌を作り始める）

ひきつける泣き声聞けば我が子かと全神経で確かめており

（昭和三十三年五月三十一日発行の五島民友に掲載され選者であられた浜野基斉先生に五島文化協会への入会を勧められる）

知恵うすき吾子を抱きしめ得度への思いきよまる秋の日暮れは
（朝日歌壇の選者近藤芳美先生の選により
昭和五十年四月五日発行の朝日歌壇75に収載されている）

母逝きて幼き子らの母代わり決意したるは十九の秋日

医者になる初志貫きし君の名の新聞に載り息止めて見る

ドラの音と紙テープ舞う桟橋を君乗せしまま船は出で行く

丼に千切りキャベツ山と盛りわいわい食みつ
今日の幸せ

刺さりくる言葉人に返すまじ逆らいに耐えい
る激しき時間

最愛の息子の顔も忘れたる姑は嫁の名呼ぶ午
前二時

コロナ禍でリモート面会する度に夫は語らず
吾のみ喋る

婚礼に招かる前夜紫蘇の葉の色残る手にマニキュアをする

四季咲きの白より紅へ移り行く初恋といふ名の撫子の花

独りにて死なん覚悟の投稿に共感しつつ我も生き行く

待ち待ちしワクチン打って気が緩み欠伸と眠気襲い掛かりき

寝返りも踏み出す一歩も声上げて過ぎ行く日を待つぎっくり腰よ

初夏の診察室に若き女医方言混じえ病状知らす

大声で吾れの名呼びて来る人の手にはいくりの大きな袋

あとがき

二〇一二年に『西果《さいは》ての島から』を発刊して十二年の歳月が流れようとしているこの年にまた二冊目を発刊する事になるとは思いもよらない事でしたが、三月十六日に出島メッセ長崎で開催された、長崎新聞社主催のシニア向けのイベントに、お誘いのお電話を三月の初旬に、文芸社の方に頂いたのが事の始まりでした。

私は、行きたい心は動きましたが、足腰の衰えた老体では、船に乗り百キロの海を渡ることは、付添人なしでは行けないと思い、その旨お伝えしました。文芸社の方は納得され、書いたものを送って下さいと言われました。私は何か役に立つことになるならと思い、日にちも迫っていましたので、急いで新聞の文芸欄に投稿してきたものや、「浜木綿」に送った原稿、日頃書きためていたものなどをかきあつめて、文芸社に送りました。しかしイベントが済んでも原稿は返らず、社内で読まれる事になりご丁寧な読後の感想文が届き恐縮しました。そしてお電話を下さり、ためらう私に「集大成」として発刊されたらと促され、私はその「集大成」という言葉に惹かれ発刊を決めました。

そうなると、私は先達《せんだつ》て送った原稿では不十分だと思い大切に保管している物を世に出すことにしました。それは四男隆明（福の子）と福中生徒とのご縁で頂いた村上富憲校長先生（現在は五島市教育委員会教育長になられています）からのお手紙と、昨年八月に浄土へ旅立った夫の教え子で東京にお住まいの加藤今日子様（お父様は玉之浦大瀬崎灯台に勤務されていました）からの教員冥利に尽きる度々のお便り、このお二人のお手紙は、忘れられない私の宝物として大事にしまっていたものですが、意を決した私は、このお二方にお電話を差し上げて掲載のお許しを得、原稿を文芸社に送りました。

振り返ると色々思い出されるのが、やはり知的障害を持つ四男（福の子）と関わる思い出です。

養護学校を卒業して家に帰ってきた息子は、担任の勧めで施設入所となりましたが、身体に湿疹が現れそのうちに良くなるだろうと思っていたのが、ついには睡眠時無呼吸症候群を発症してしまいました。私はすぐ退所させ専門医外来のある長崎の病院に通院し、治療用のマスクを付けて寝るようになりました。しかしこのままの人生で終わらせてはならないと決心した私は、家にくすぶっていて誰も助けてくれない、行き場のない、知的障害の子供を持つ親達に呼びかけ、「富江町手をつなぐ親の会」を結成したのが一九九一年（平成三年）でした。そして「桑の実作業所」を立ち上げ開所したのは、私が還暦を迎えた一九九三年（平成五年）四月二十日の事でした。

色々な思い出がよぎりますが陶芸、さをり織り、手芸、たこ焼き、又、桑の実楽団を結成したり、音楽療法と銘打ちカラオケができる機器を小泉内閣府に、長崎県を通じて要望書を提出し、国からの補助で整備されたことなど、いろいろな事が思い出されます。

中でも一番の思い出は二〇〇三年十二月二十日に長崎のブリックホールで開催された第四回長崎県障害者芸術祭での舞台発表や、展示の部に参加したことです。

前日海が荒れて船が欠航し、当日の朝一番のフェリーに乗り、もう始まっている会場にあたふたと駆け込み、やっとの事で出番に間に合ったあの大きな舞台での初演は、桑の実にとって忘れることのできないイベントでした。演目は「五島ハイヤ節」と「竹」でした。恵まれないこの子達に二度と踏めないかもしれないブリックホールを懐かしい思い出として胸に刻んで欲しかったのです。

息子はこの時覚えたのでしょうか、桑の実の昼休みのカラオケで、今でもかならず「竹」を歌います。歌詞の言葉は、はっきりとはしませんが、ちゃんとリズムに合わせてマイクを持って得意げに歌います。本人にとっては至福の時でしょうと思います。他の子達も、それぞれに得意の歌で張り切って歌い点数の出るのをドキドキして待つのです。こうして息子は、もう二十年余りも北島三郎の「竹」を歌い続けているのです。今日は何点だったの？　と帰宅した息子に尋ねると「百点」と得意げに答えるのです。

「桑の実作業所」は二〇〇六年（平成十八年）十一月十七日ＮＰＯ法人格の認証を得て新たな活動への一歩を踏み出しました。私は二十二年間関わった「桑の実作業所」を、二〇一五年（平成二十七年）七月に退職し、現在は長男夫妻が後を継いでしっかりと頑張ってくれているお陰で四男（福の子）は嬉々として通所し、仲間と共に楽しい日々を送っています。

しかし、いつも心から離れないのは、親亡き後のことです。何とかしてグループホームを作りたいという私の心を汲んでくれた大村市在住の親友熊川夫妻が、所有する広い土地を無償で提供してくれました。二〇一四年（平成二十六年）のことでした。念願の第一歩は整いましたが、銀行から建設費を借りるにも資金繰りができず、経済力に乏しい私の力では、どうする事もできないまま、時は過ぎて行くばかりでした。

しかし神の憐みが巡ってきたのでしょうか、二〇二二年（令和四年）十二月に長男夫妻の意向を取り入れ、用意した土地ではなく長男夫妻の近くの新たな土地に、細々と蓄えてきた資金を提供してグループホームを建てて貰いましたが、昨今の社会現象の人材不足に煽られて世話人が見つからず頓挫したままになっています。

この先どうなるのか、いくら努力しても報われにくい我が運命を考えたりして、落ち込む辛い気持を払拭し、楽しく生きる日常のためにも、読書や文芸、庭の花の手入れなどの楽しみは、私にとっては欠かせないものになっているのです。

しかし、こうして好きな事をして居られるのも日本がまだ平和だからです。世界のあちこちで戦争が起こり罪のない人達が犠牲になっているのを知る度に、かつては日本も戦争をして、国民は惨憺たる犠牲を負わされたことを思い起こします。戦争が終わっても学校で学ぶ教科書も売っておらず、私は小学校六年生、長女だった故にお下がりもなく友達から本を借りて、丸写しして国語の本を手作りした事を思い出しました。今の世の中では、考えもつかない信じられない事です。成人した男達は召集され戦地のあちこちに配属され敵を殺したり殺されたりしました。私の父も召集されました。残された母親達は必死で子供達を守り育ててくれました。私の母親も例外ではありませんでした。

その母親にたった一度だけ親孝行したことがあります。高校を卒業して苦学の夢を抱いて島を離れていた私に、突然、母から就職の話があり、窶《やつ》れ切った母の姿を思うと、無下にすることもできず五島に帰り小さな併設小中学校の教職員になりました。昭和二十七年九月の事でした。受け持ちは十二名の五年生でした。母は小さな三面鏡と、洗濯用の金盥や衣類を入れる茶箱や夜具を持たせてくれました。それらを迎えに来てくれた手こぎの小舟に積んで、富江町の黒瀬の浜から子供達が待つ任地へ向かいました。

そして一ヶ月は夢のように過ぎて初めての給料を頂きました。待ちかねた休みの日、その給料を持ち帰り、封も切らずに袋ごと母親に渡しました。母は嬉しそうに満面の笑みと目に涙さえ浮かべて、四角い一升桝にその給料袋を入れて、神棚に供え両手を合わせて礼拝しました。これが最初で最後のたった一度の私の親孝行となりました。母はその翌月に病に伏して、十一月四日、肌寒い晩秋の空に消えて逝きました。四十二才の若さでした。

この度、二度目の拙著を世に出すことができたのを天国で母は喜んでいるでしょうか。

自子（福の子）も、今は長崎県富江病院の心から信頼できる「関田孝晴先生」の確かなデータに基づくご指導を受けて、これ迄、長年試行錯誤しながら続けてきた睡眠時無呼吸のＣＰＡＰ

（シーパップ療法）も終了させて頂き心配なく眠ることができるようになりました。毎夜医療用マスクを付けて眠る息子の姿は一生続くのかと思うと辛く悲しいものでした。なんとお礼申し上げたらいいのか只々感謝あるのみです。有難うございました。

私の「主治医」としても、通院させて頂きお世話になっています。この夏も、私はベッドから落ちて、「両側慢性硬膜下血腫」を発症しましたが、関田先生の的確な判断と敏速な手配により、五島では只一人と言われる長崎県五島市郡家病院の脳外科医「郡家克旭先生」に手術して頂き一命を取り留めて頂くことができました。

お二人の先生には、この上ない感謝と感激を捧げたいと思います。ほんとうに有難うございました。

そして、一ミリも上がらなくなった私の両足のリハビリを丹念に根気強く続けて下さった理学療法士の「中田良美先生」にも心から感謝申し上げます。有難うございました。

この度、入院して医療に従事する人達の優しさ、心のこもった食事の提供など、私には貴重な体験の日々でした。

このご恩を忘れる事なく、残る余生を無駄にしないよう生きて行きたいと思っています。

重度の障害の子供を持ち、時には死にたいほど苦しみながら何とか育てて来られたのも、こうして心の拠り所を高みに掬い上げて下さる文芸社様の存在と、携わる賢明な社員及び編集の方々のお陰と只々感謝あるのみです。本当に有難うございました。

この本のカバーの写真は、富江町にお住まいの清島康平様（富江町議、五島市老人会クラブ副会長、富江町老人会クラブ会長。公民館審議委員、浜の町町内会長などを歴任された方）で、ご病気で亡くなられた奥様の自宅介護と看取りのために役職のほとんどをご辞退され、現在はお住いの町内会長のみお世話されている方です。また、「ひまわり」という用紙一枚のコラムを毎日曜ごとに発行され、時勢の事や地域の行事や、老人会の活動の様子など、希望者にお知らせくださり、もう千回を超えています。その三分の一程の一角に必ず地域の方々の咲かせている花や、富江湾に浮いている海鳥の写真など、解説付きで楽しませて下さり、そのプロ並みの写真の中の一枚が、令和四年の春に、我が家の玄関前の大鉢に咲いていた牡丹を撮影してくださり頂いた写真です。あまりの美しさに、その写真を額に入れ、鏡台の前に飾り毎朝眺め愛でていました。今回、清島様のご快諾を頂き、拙著に美しさと品格を添えて下さいましたこと、心から嬉しく感謝申し上げます。有難うございました。

振り返ると、わたしの人生は周りから見れば多難で苦しく悲しいものでしたが、広い世の中を見渡した時、私より重い十字架を背負って懸命に努力されている方も居られる事を思い、私の人生はまだまだ幸せだったといえるのではないかと思います。四人の子供に恵まれ、その中には福の子もいて貴重な深い人生を味わうことができました。この福の子は就学期を迎えても歩くのもたどたどしく、言葉も出ずの子でしたが、国立大村病院のすぐ近くにあった長崎県立久原養護学校は、この子を快く受け入れて下さり、人として生きる基本の躾を温かい愛情で育んでくださいました。親と離れて暮らす義務教育の九年間は、月一回程度の面会があったとしても試練の年月でした。でもそれを乗り越えたからこそ今があるのだと確信しています。有難うございましたと心から感謝申し上げたいと思います。無事に迎えた卒業式の日、精一杯の感謝の言葉を謝辞に込め、卒業生の父兄代表の役目も果たさせていただきました。

その九年間の間で、私は町の教育委員会に席を置き社会教育指導員として働くことができました。多岐にわたる趣味のお陰で仕事を辞めてからも、公民館を日曜日の午後や夜間にお借りして、大好きな踊りや、手芸などボランティア活動を何十年も続ける事ができました。コロナ前までは富江文化協会主催の文化祭にも、毎年参加させて頂き、楽しい想い出を作る事ができました。

人生はあっという間に過ぎて行き、気力、体力、思考力が日毎に衰えて行くのを実感しています。

思い返せば沢山の方々と出会い幸せな人生でした。とりわけ私の趣味三昧の出費にも文句の一つも言わず、協力さえ惜しまなかった夫。大怪我をして入院、そして施設へ入所となり、手厚い介護をうけて、ようやく車椅子で少し移動できる程になりかけた頃、世界中を恐怖の渦に巻き込んだコロナのために面会も、家に帰ることもままにはならず、夫はだんだん無口になり、厳しい規制のわずかの面会の時も、持参した好物の饅頭とペットボトルのお茶を口にしながら私の話を聞いているだけでした。面会するたびに、目の前の夫が痩せ衰えて行く姿を見るのは辛いものでした。リモート面会も試みました。夫は呼び掛けに返事はするものの付き添う職員に気をつかってか「元気で暮らせよ」と言うばかりでした。重度の障害を負った夫を親身にお世話くださいました社会福祉法人さゆり会の、ひだまりの舎《いえ》や、只狩荘に厚く感謝しお礼申し上げたいと思います。有難うございました。

まだまだ書き尽くせない事がいっぱいありますが、とりわけ私に関わって下さった沢山の方達、どの人も優しく素敵な方達でした。本当に有難うございました。

隆明という子供を授けてくださった神様にも心から感謝です。

最後にもう一度文芸社の皆様に改めて心からお礼申し上げます。文芸社様のお力添えで、望外の身に余る貴重な体験をさせていただきました。本当に有難うございました。これからも、文芸社様の益々のご発展をお祈り申し上げお礼の言葉にさせていただきます。

有難うございました。

二〇二四年七月三十一日記

松崎律子

著者プロフィール
松崎 律子（まつざき りつこ）
1933年、長崎県生まれ、同県在住。
長崎県立五島高等学校卒業。

元NPO法人障害者施設理事長。
五島文化協会同人。
著書『西果《さいは》ての島から』（文芸社）。

西果《さいは》ての島から　パート2

2025年1月15日　初版第1刷発行

著　者　松崎 律子
発行者　瓜谷 綱延
発行所　株式会社文芸社
〒160-0022　東京都新宿区新宿1－10－1
電話　03-5369-3060（代表）
03-5369-2299（販売）

印刷所　TOPPANクロレ株式会社

ISBN978-4-286-25871-3